小學生錯別字自測
進階篇

商務印書館

小學生錯別字自測（進階篇）

主　　編：商務印書館編輯部
責任編輯：馮孟琦
封面設計：涂　慧
出　　版：商務印書館（香港）有限公司
香港筲箕灣耀興道 3 號東滙廣場 8 樓
http://www.commercialpress.com.hk
發　　行：香港聯合書刊物流有限公司
香港新界大埔汀麗路 36 號中華商務印刷大廈 3 字樓
印　　刷：中華商務彩色印刷有限公司
香港新界大埔汀麗路 36 號中華商務印刷大廈 14 字樓
版　　次：2016 年 5 月第 1 版第 2 次印刷

ISBN 978 962 07 0383 6
Printed in Hong Kong

使用說明

(1) 把測試成績記錄下來。答對1分，答錯0分，每50題做一次小結，看看表現怎樣。

(2) 左頁每個句子都藏有一個小學生常見錯別字，請你把它找出來。

(3) 做完左頁全部題目，才翻開長摺頁核對答案。無論答對還是答錯，你都應該仔細閱讀右頁的解說，弄清楚出錯原因和正誤字的區別，加深認識。

(4) 完成所有測試後，可以把這本書當作「小學生字詞讀本」使用。

大戰之後，士兵們沉痛地哀掉死去的同伴。

這次音樂會，小寧負責為合唱團拌奏。

美美報怨爸爸早上沒有叫她起牀，讓她遲到了。

哀掉 — 哀悼 形近誤用

掉：手部，落下（掉下來），丟失（錢包掉了）。
悼：心部，懷念死者，表示哀傷（追悼）。
哀悼：悲痛地悼念死去的人。

拌奏 — 伴奏 同音誤用

拌：手部，攪和（攪拌）。
伴：人部，同在一起的人（同伴），配合（伴舞）。
伴奏：在歌唱、跳舞時用樂器配合。

報怨 — 抱怨 同音誤用

報：土部，通知（報告），回答（報答），傳遞消息的文件或信號（情報）。
抱：手部，用手臂圍住（擁抱），心裏想着或身上存在着（抱歉）。
抱怨：心中懷有不滿，責怪別人。

出板 — 出版 同音誤用

板：木部，片狀的硬的物體（鋼板），不靈活（死板）。
版：片部，上面有文字或圖畫的供印刷用的底（排版），報紙的分頁（頭版）。
出版：把書刊等編印出來，也指把唱片、錄影帶等製作出來。

老師再三重伸，
遠足時必須跟着
大隊一起走。

這只是小小的措
折，你不該就這
樣灰心喪氣。

醫生果斷地采取
了最安全的一種
治療方法。

同學們熱情地
參予到藝術節
的準備工作中。

重伸 — 重申 同音誤用

伸：人部，舒展開來（伸長），陳述（伸冤）。

申：田部，陳述（申請）。

重申：再一次說明。

措折 — 挫折 同音誤用

措：手部，安放、處置（手足無措），處理事情的方法（措施）。

挫：手部，不順利（受挫），降低。

挫折：失敗，或指使某件事情削弱，停頓。

采取 — 採取 同音誤用

采：采部，神態（神采）。

採：手部，摘取（採茶），選取（採用），挖掘（開採）。

採取：選擇實行的方式、手段、態度等。

參予 — 參與 同音誤用

予：亅部，給（給予）。

與：臼部，和，同，參加。

參與：參加。

我們通過各種傳媒，
了解到世界各地正在
發生的事情。

廚窗裏美麗的
娃娃，是我最
想要的新年禮
物。

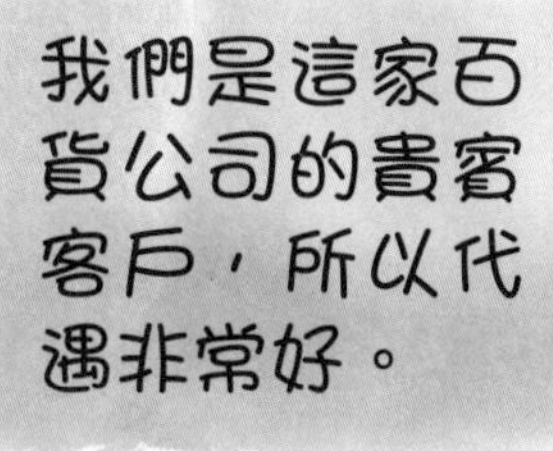

姐姐被路上遇到
的交通事故擔誤
了，沒能趕上這
班飛機。

傳煤 — 傳媒

同音誤用

煤：火部，黑色的礦物，是重要的燃料和化工原料。

媒：女部，介紹婚姻的人（媒人），起聯繫作用的（媒體）。

傳媒：指報紙、廣播、電視等各種新聞工具。

廚窗 — 櫥窗

同音誤用

廚：广部，做飯菜的房間（廚房），專做飯菜的人（廚師）。

櫥：木部，放置衣服、物件的傢具。（衣櫥）。

櫥窗：商店臨街的玻璃窗，用來展示示範商品。

代遇 — 待遇

同音誤用

代：人部，替（代理），歷史上的不同時期（朝代），家族中的輩分（後代）。

待：彳部，等候（等待），對人或事的態度（對待）。

待遇：指看待、接待，享受到的權利或社會地位。

擔誤 — 耽誤

同音誤用

擔：手部，用肩挑（擔水），負責（擔任），牽掛（擔心）。

耽：耳部，拖延（耽擱），入迷。

耽誤：因為拖延或錯過時間而誤事。

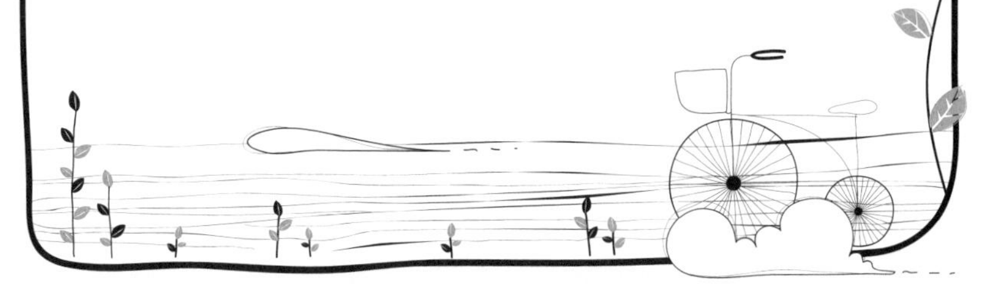

他希望能靠賭搏多賺點錢，誰知卻把錢全輸掉了。

你應該好好反醒自己錯在哪裏，下次不要再犯了。

從飛機上府瞰香港，感覺很震撼。

通過互聯網，我們能瞭解到世界上發生的大小事情。

賭搏 — 賭博 同音誤用

搏：手部，激烈地對打（搏鬥），跳動（脈搏）。

博：十部，廣、多、豐富(博學)，取得(博得好評)，賭錢。

賭博：用有價值的東西來賭輸贏的遊戲。

反醒 — 反省 同音誤用

醒：酉部，人睡覺過後或未睡着時的狀態（睡醒），明顯、引人注意（醒目）。

省：目部，節約、不浪費(節省)，簡化、減少(省略)，檢查。

反省：檢查自己的思想行為，檢查其中的錯誤。

府瞰 — 俯瞰 同音誤用

府：广部，官署（政府），高級官員辦公或居住的地方（總統府）。

俯：人部，屈身低頭、臉朝下（俯視）。

俯瞰：從高處往下看。

暸解 — 瞭解 形近誤用

暸：日部，明亮。

瞭：目部，明白、懂得。

瞭解：知道得清楚，打聽、調查。有時也寫作「了解」。

蘿白是一種健康的食物，爺爺最愛吃了！

燈光不停在舞台上幌動，看得我眼都花了。

侍應很有禮貌地說：「多謝慧顧！」

哥哥設計的這個裝置，摸擬了兩輛汽車相撞的過程。

蘿白 — 蘿蔔 同音誤用

白：白部，像雪那樣的顏色（黑白），明亮（白天），清楚（明白）。

蔔：艸部，與「蘿」字連用，是一種蔬菜的名稱。注意粵語中「白」和「蔔」讀音很像，不要寫錯。

幌動 — 晃動 同音誤用

幌：巾部，商店門外掛着的表明所賣貨物的招牌或標誌（幌子），也比喻用來騙人的話或行為。

晃：日部，明亮、閃耀（晃眼），閃過，擺動（搖晃）。

晃動：反復、急促地搖動。

慧顧 — 惠顧 同音誤用

慧：心部，聰明（智慧）。

惠：心部，給予別人或受到別人給的好處（實惠），在別人的行為上加上「惠」表示尊敬。

惠顧：感謝稱他人的光臨，多用於商家多謝顧客購買商品。

摸擬 — 模擬 形近誤用

摸：手部，用手接觸（撫摸），試着瞭解（摸索）。

模：木部，榜樣、規範（模型），仿效、仿照（模仿）。

模擬：仿照真實情形或事物而做。

這場音樂會，是為了向大家會報同學們辛苦排練一年的成果。

爺爺的農莊裏有一些小胡蘆，我常用它們來裝水。

誠誠性格十分崛強，從不輕易向別人低頭。

這棟宏偉的大樓終於峻工了。

會報 — 匯報 同音誤用

會：曰部，集合在一起（會合），見面（會面），理解、懂得（領會），時機（機會），能夠、可能（不會）。

匯：匚部，水流會合到一起（匯合），寄錢（匯款）。

匯報：綜合各種材料向上級或眾人報告。

胡蘆 — 葫蘆 同音誤用

胡：肉部，隨意亂來（胡說），一個姓氏。

葫：艸部，葫蘆，是一種草本植物，有的可以吃，有的可以做藥，還可以用來裝東西。

崛強 — 倔強 同音誤用

崛：山部，突起、興起。

倔：人部，剛強不屈服（倔強），性子急、態度生硬。

倔強：性格剛強不屈，堅持自己的想法和做法，不容易被外力所改變。

峻工 — 竣工 音近誤用 形近誤用

峻：山部，山勢又高又陡（峻峭），比喻嚴厲（嚴峻）。

竣：立部，完畢。

竣工：指工程完工。

農民伯伯辛苦地開懇肥沃的田地。

叔叔賺了很多錢，但仍然保持着儉撲的生活習慣。

兩家學校的籃球隊，明天將會在這裏進行缺戰。

校長免勵我們多讀書，增廣見聞，以及提升自己的動手能力。

開懇 — 開墾 音近誤用 形近誤用

懇：心部，真誠（懇請），請求。
墾：土部，把土翻鬆、開荒。因為是與土地有關，所以屬於「土」部。
開墾：把荒地改造成可以耕種的田地，也指開創某種事物。

缺戰 — 決戰 同音誤用

缺：缶部，殘缺、不完整（缺口），少、不夠（缺乏），應該到但未到（缺課）。
決：水部，水沖破堤壩（決口），拿定主意不再改變（決定），確定（決賽）。
決戰：雙方使用主力決定勝負的戰鬥或戰役。

儉撲 — 儉樸 音近誤用 形近誤用

撲：手部，猛衝或猛壓過去，拍打（撲粉）。
樸：木部，不加修飾的、實實在在的（樸素）。
儉樸：指節儉樸實。

免勵 — 勉勵 同音誤用

免：儿部，去掉、除去（免費），避開（避免）。
勉：力部，盡力、努力（勤勉），鼓勵（勸勉）。
勉勵：勸人努力，鼓舞別人。用於長輩對晚輩的教導。

在地震發生後，政府馬上撥出款項救濟災民。

小孩露出恐懼的神情：「別問我，我不知道！」

透過網絡，我和全世界的朋友都能保持緊密連繫。

救擠 — 救濟 形近誤用

擠：手部，緊緊靠攏在一起（擁擠），用力壓而排出（擠牙膏）。

濟：水部，救助（接濟），渡過、過河（同舟共濟）。

救濟：用金錢或所需的物品幫助生活有困難的人。

恐俱 — 恐懼 同音誤用

俱：人部，全，都。

懼：心部，害怕（畏懼）。

恐懼：驚慌害怕。

連繫 — 聯繫 同音誤用

連：辵部，相接在一起、不間斷（連接），加在一起（連帶）。

聯：耳部，連接、結合（聯合），也指對聯。

聯繫：互相之間能獲取信息，相互了解對方的情況。

羸得 — 贏得 形近誤用

羸：羊部，瘦弱。

贏：貝部，獲勝（輸贏），獲利（贏利）。

贏得：獲得。

媽媽是個非常講道理的人，我有甚麼事情都可以和她相量。

姐姐和姐夫去了法國度密月，真開心！

古人認為竹子能代表人正直、謙虛的品格，所以稱竹為「君子」。

相量 — 商量

同音誤用

相：目部，表示雙方都有的行為動作（互相），表示一方對另一方的行為動作（相信），表示比較（相等）。

商：口部，買賣貨物（商店），買賣貨物的人（商人），交換意見（商議）。

商量：交換意見，討論。

密月 — 蜜月

同音誤用

密：宀部，距離短、靠得近（密集），關係親近（親密），不公開（保密）。

蜜：虫部，蜜蜂採集花的甜汁釀成的東西（蜜糖），甜美（甜蜜）。

蜜月：指剛結婚的夫妻的幸福的生活，一般結婚後的第一個月就叫「蜜月」。

品恪 — 品格

形近誤用

恪：心部，恭敬、謹慎。

格：木部，方形的空框或線條（格子），一定的標準或式樣（規格），品質、風度（人格）。

品格：人的品性、性格，指文學、藝術作品的質量和風格。

學校為田徑隊員們佩備了最好的跑鞋。

你大吵大鬧影響了別人做生意，必須要陪償他們的損失。

村長帶領大家進行祈福活動，希望來年一切順利。

她只流覽了書的目錄一次，就已經知道哪些是最重要的內容。

佩備 — 配備 同音誤用

佩：人部，掛或帶在身上，也指掛或帶在身上的飾物（佩帶），心裏感到可敬和服氣（佩服）。

配：酉部，按標準或規格調和或組合在一起（配搭），有計劃地分派（分配），陪襯、襯托（配角）。

配備：根據需要分配（人力或物力），也指成套的設備、裝備等。

陪償 — 賠償 同音誤用

陪：阝部，伴同（陪伴），從旁協助（陪審）。

賠：貝部，償還損失（賠款），想別人道歉認錯（賠禮），虧損（賠本）。

賠償：對損失、損壞或傷害的補償。

祁福 — 祈福 形近誤用

祁：示部，是地名的用字。

祈：示部，向神求福（祈禱），向人請求、希望（祈求）。注意右邊是「斤」。

祈福：祈求神靈賜予福氣，令人們的事情順利。

流覽 — 瀏覽 同音誤用

流：水部，水運動的狀態（流淚），像水一樣流動的東西。

瀏：水部，瀏覽，粗略、大概地翻看一下。

幾個劫犯槍劫了一家金行，警方正在全力追捕他們。

外婆年輕時，穿起棋袍來非常漂亮。

志文雖然是學校中頂尖的優秀學生，但仍十分歉虛。

寫作文時用詞要恰當，覽用詞語反而會令文章變得囉嗦。

槍劫 — 搶劫 形近誤用

槍：木部，能用尖頭刺或發射子彈的兵器（手槍），像槍的器具（水槍）。

搶：手部，奪取、強拿（搶奪），爭先、趕緊做（搶先）。

搶劫：用暴力把別人的東西奪過來，霸佔為自己的東西。

棋袍 — 旗袍 同音誤用

棋：木部，是一種文娛體育用品，例如圍棋、象棋。

旗：方部，指用布、紙、綢子等造的標識（紅旗）。

旗袍：中國從清朝開始婦女就穿的一種長袍，原本是滿族婦女的傳統服裝。

歉虛 — 謙虛 同音誤用

歉：欠部，農作物收成不好，感到對不起人（抱歉）。

謙：言部，虛心不自滿（謙讓）。

謙虛：虛心不自滿，肯接受批評。

覽用 — 濫用 同音誤用

覽：見部，觀看（展覽）。

濫：水部，水漫出來（氾濫），過度、沒有節制（濫殺無辜）。

濫用：胡亂、過多地使用。

這家人的關係非常溶洽，家裏常常充滿歡聲笑語。

這位老師傅在珠寶店工作了幾十年，鑑定珠寶價值的眼光非常好。

雙方爭辯了很久，但還是勝付未分。

白色衣服上的這片污迹，怎麼也洗不乾淨。

溶洽 — 融洽 同音誤用

溶：水部，物質在液體裏化開（溶化）。

融：虫部，冰、雪等化成水（融化），和諧（融合），貨幣流通（金融）。

融洽：指感情很好很和睦，沒有不開心。

師傳 — 師傅 形近誤用

傳：人部，把知識、技能和信息從一方遞送到另一方（傳達），擴散、推廣（傳播），表達（傳神），注意右邊是「專」。

傅：人部，師傅，指傳授技藝的人，也是對有技藝的人的尊稱。注意右邊是「尃」，是「上甫下寸」。

勝付 — 勝負 同音誤用

付：人部，交給（支付）。

負：貝部，背、承擔（負責），違背，失敗、輸。

勝負：指贏和輸，水平高和低。

污迹 — 污漬 同音誤用

迹：辵部，腳印、印痕，也指前人留下的事物。

漬：水部，浸泡，髒的地方。

污漬：附在物體上的髒東西。

今年煙花匯演的效果實在太震憾了，弟弟興奮得拍手大叫。

這個廷院雖然小，但佈置得很巧妙，很精緻。

妹妹怎麼也不肯放開玩具卡車，哥哥只好無耐地去玩拼圖了。

「你的血形是甚麼？有一位病人很需要B型血呀！」

震憾 — 震撼 音近誤用 形近誤用

憾：心部，失望、感到不滿足（遺憾）。
撼：手部，搖動（搖撼）。
震撼：指內心受到的強烈衝擊或感動，精神或情緒有大的起伏和波動。

廷院 — 庭院 同音誤用

廷：廴部，古代帝王接見官員和辦理政務的地方（朝廷）。
庭：广部，廳堂（大庭廣眾），正房前的院子，也指法院審理案件的地方（法庭）。
庭院：正房前面的寬闊地帶，泛指院子。

無耐 — 無奈 同音誤用

耐：而部，受得住、經得起（不耐煩）。
奈：大部，怎麼，如何。
無奈：表示沒有別的辦法了。

血形 — 血型 同音誤用

形：彡部，樣子（形狀），顯露、表現，也指對比。
型：土部，製造器物用的模子（模型），樣式、類別（典型）。
血型：血液的類型。

每次出新歌，歌手都要為歌曲作喧傳。

媽媽從不限製我的奇思妙想，她總是鼓勵我試着實現這些想法。

因為躲避及時，小敏從車禍中僥幸逃脫。

經過消防隊員的努力，大火終於息滅了。

喧傳 — 宣傳 同音誤用

喧：口部，聲音大而雜亂（喧鬧）。

宣：宀部，公開說出、發表（宣佈）。

宣傳：說明講解，讓大家知道信息並相信。

限製 — 限制 同音誤用

製：衣部，造、做（製作）。

制：刀部，約束、限定（制約），訂立、規定（制訂），制度（法制）。注意這也是「製」的簡化字。

限制：局限在一定的範圍之內，不能超出。

僥幸 — 僥倖 同音誤用

幸：干部，生活愉快美滿、稱心如意（幸福），希望。

倖：人部，寵愛（寵倖），也與「僥」連用。「僥倖」，表示碰巧獲得成功，或意外地避免了不幸的事情。

息滅 — 熄滅 同音誤用

息：心部，呼進呼出的氣（氣息），音信（消息），停歇（息怒），利錢（利息）。

熄：火部，火滅了，滅掉燈火（熄燈）。

熄滅：停止燃燒，滅。

我很嚮往能夠
自由自在奔跑
的大草原。

萬里長城經歷千
年的風雨，仍然
屹立不倒。

我和李玲約訂這個
週末一齊去看電
影。

無論兇手多狡猾，
最終也難逃法罔。

嚮往 — 嚮往 同音誤用

響：音部，聲音、發出聲音（聲響），回聲（迴響），聲音大（響亮）。

嚮：口部，朝着、面對着，引導（嚮導）。

嚮往：因熱愛、羨慕某種事物或境界而希望得到或到達。

圪立 — 屹立 同音誤用

圪：土部，與「垯」連用表示小球形或塊狀的東西。

屹：山部，形容山勢高聳直立的樣子。

屹立：像山峰一樣高聳而穩固地挺立着。

約訂 — 約定 同音誤用

訂：言部，制定（簽訂），約定（訂貨），修改（修訂）。

定：宀部，平靜、安穩（安定），確立下來不再變動（決定），預先約好（定貨）。

約定：商量好並確定下來。用「定」就表示不再改變了。

法罔 — 法網 同音誤用

罔：网部，迷惑、不如意。

網：糸部，用繩線編成的捕魚、捕鳥獸的用具（漁網），縱橫交錯形成的系統或組織（互聯網）。

法網：比喻嚴密的法律制度。

你知道嗎？

你會寫錯「染」字嗎？

很多小朋友寫「染」字時，一不小心就把當中的部件「九」寫成「丸」。從前人們常說寫錯「染」字的人是「在染坊裏賣藥丸」。

古人造字時，會使用到「會意」的方法，即根據字的部件就能知道字的意思。「染」就是一個會意字，由「氵」、「九」、「木」三個部件組成。因為染色必須有水，所以有「氵」；因為染色要重複多次，才能使布料成功上色，所以有「九」（「九」在古代也表示「很多」的意思）；又因為古代染色並沒有今天的化學原料，古人基本上只能靠大自然的植物來做染料，所以有「木」。

可見，「染」字合起來，就代表了整個染色過程：用水和植物染料反復多次地浸泡布料，才能使布料上色。這當中可沒有藥丸出現呢！所以，一定要用「九」而不是「丸」呀！

漢字有段「古」

白字秀才[1]

從前，有個秀才學識不好，卻以為自己水平很高。

有一次，他好不容易寫成了一篇文章，馬上請大文學家蘇東坡給意見。

蘇東坡接過文章，一看題目就發現了錯字。再看文章內容，不但文句不通，還錯別字連篇，讓人看不下去。

蘇東坡本來是不好意思提意見的，可是在他再三請求下，只好在文稿上寫上九個字：「此文有高山滾石之妙！」

秀才拿到蘇東坡的評語，就到處向人炫耀。有人問他：「你有想過高山滾石是甚麼聲音嗎？」

「高山滾石的聲音……不就是撲通！撲通！」

「對啦，撲通！撲通！蘇先生都說你的文章『不通不通』了，你還到處給別人看？」

秀才聽到這話，羞得無地自容，再也不敢把文章拿出來炫耀了。

①秀才：泛指古代還未做官的讀書人。

姐姐是會考狀員，她是我們全家的驕傲！

很多國家領導人的坐駕都是自己國家生產的。

他從一個小小的塑膠店伙計，變成今天的地產大享。

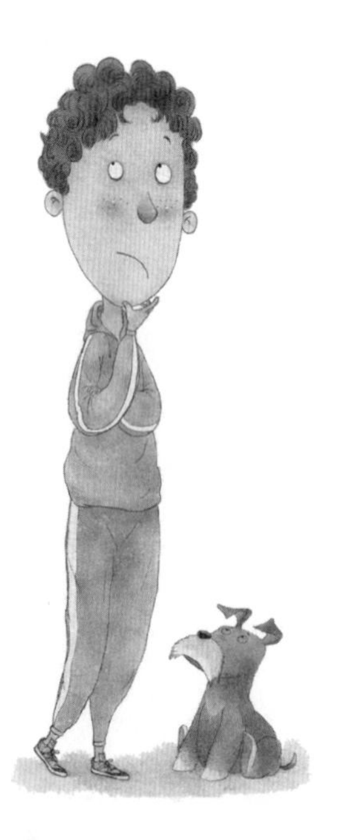

走火通道要保持暢通，不能有雜物防礙人們逃生。

狀員 — 狀元 同音誤用

員：口部，團體裏的人（成員），工作或學習的人（職員）。

元：儿部，第一、為首的（元帥），構成一個整體的（單元），也是貨幣單位。

狀元：指古時中國科舉考試，在最後一輪考試中取得第一名的人，今天也用來稱呼大考試中取得第一名的人。也比喻在行業中做得最好的人。

坐駕 — 座駕 義近誤用

坐：土部，跟「立」相對的動作（坐下），乘、搭（坐火車），位置所在（坐落）。

座：广部，坐位（讓座），器物下面的托（底座），量詞。

座駕：一般指人乘坐的自己的汽車。

大享 — 大亨 形近誤用

享：亠部，受用（享受）。

亨：亠部，順利、通達。

大亨：對某一地方，或某一行業中有勢力的人的稱呼。

防礙 — 妨礙 音近誤用 形近誤用

防：阝部，預先戒備（防火），守衛（國防）。

妨：女部，阻礙、損害（無妨）。

妨礙：干擾、阻礙，使事情不能順利進行。

幾千年前，中國大地上分佈着各個諸侯國。

兩家公司為了爭奪房屋的擁有權，打起了官私。

爸爸的積務變了，比從前更忙。

美麗的燈飾點輟着維港兩岸，吸引了無數遊客來觀賞。

諸候 — 諸侯 形近誤用

候：人部，等待（等候），時間（時候），問好（問候）。
侯：人部，指中國古代爵位，高官貴族，姓氏。
諸侯：古代帝王分封的各個小國的國王。

官私 — 官司 同音誤用

私：禾部，個人的(私事)，為了自己(自私)，非法的(走私)。
司：口部，掌管（司機），一種行政部門（財政司）。
官司：一種法律行為，指在法院的主持下按照法定程序審理案件的過程。

積務 — 職務 同音誤用

積：禾部，聚集起來（積累），長時間累加起來。
職：耳部，工作崗位（任職），所從事的工作（職業），份內應做的事（職責）。
職務：指某一個職位規定應該承擔的工作。

點輟 — 點綴

輟：車部，終止、停止（輟學）。
綴：糸部，拼合、連結的部分（前綴），裝飾。
點綴：襯托、裝飾，令事物變得更好看。

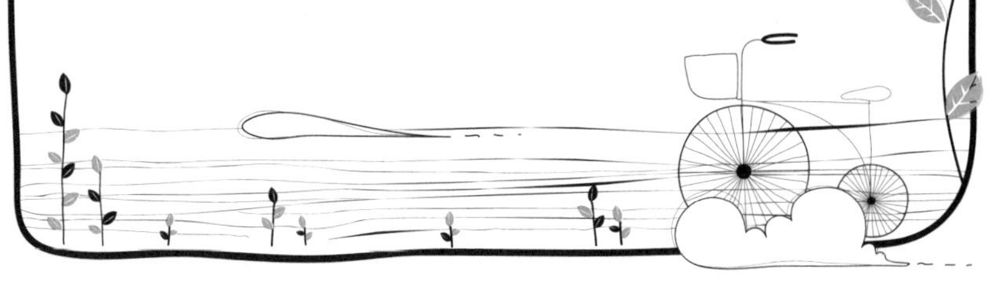

「在我去旅行期間，能不能拜托你幫忙照顧我的小狗？」

小弟弟乖乖地坐着理髮，不哭也不鬧。

社區活動中心開辦了各種課程，可以讓老人去參加學習。

媽媽輕聲的安慰，令姐姐緊張的情緒慢慢平靜下來。

拜托 — 拜託 音近誤用 形近誤用

托：手部，用手掌承受着（托住），陪襯（襯托）。

託：言部，請人代辦(委託)，寄放(寄託)，借故推辭(推託)。

拜託：委託別人辦某件事情。

理發 — 理髮 同音誤用

發：癶部，生長出來、產生出（發芽），放射出，送出（發貨），表達、宣佈（發言），開始、起程（發動）。

髮：髟部，指頭髮。

理髮：修剪頭髮。

開辨 — 開辦 形近誤用

辨：辛部，識別、區別（分辨）。

辦：辛部，處理事務（辦事），設立、經營（興辦）。注意中間是「力」。

開辦：指建立，舉辦。

情絮 — 情緒 同音誤用

絮：糸部，彈鬆的棉花(棉絮)，話多、言語囉嗦(絮絮叨叨)。

緒：糸部，絲的頭，引申為事情的開端（頭緒），指心情、思想（心緒）。

情緒：指心情、心境。

媽媽從小就陪養小梅愛閱讀的好習慣。

你首先要注冊成為網站用戶，才能在網站上購物。

軍人為了保衛祖國而戰斗。

媽媽生日那天，爸爸買了一大捧玫瑰送誒媽媽。

陪養 — 培養 同音誤用

陪：阝部，伴同（陪伴），從旁協助（陪審）。

培：土部，栽種植物，使植物發育成長，引申指對人進行教育、訓練。

培養：多指按照一定的目的長期地教育和訓練，使人或事物成長。

注冊 — 註冊 義近誤用

注：水部，灌入（注射），精力集中在一點（注意），用文字給書中的字句作解釋。

註：言部，解釋，登記、記載。

註冊：向機關、團體或學校登記信息資料，以備查閱。

戰斗 — 戰鬥 同音誤用

斗：斗部，量糧食的器具，也指形狀像斗的東西（漏斗），形容大（斗膽）。

鬥：鬥部，對打（格鬥），競賽、比勝負。

戰鬥：敵對的雙方發生武力的衝突。

玖瑰 — 玫瑰 形近誤用

玖：玉部，像玉的黑色石頭，也是數目字「九」的大寫。

玫：玉部，玫瑰，指一種香味很濃的花，有紅、黃、白等顏色。人們常用玫瑰代表愛意。

這必竟是別人的私事，我們不應該干涉。

冬天的零晨，馬路上幾乎沒有一個行人。

小輝一個人能吃三隻大雞脾！

在我家，小孩子一定要守爺爺定下的規距。

必竟 — 畢竟 同音誤用

必：心部，一定，一定要（必須）。

畢：田部，結束、完成（畢業），全部（畢生），也是一個姓氏。

畢竟：終歸，到底。

零晨 — 凌晨 同音誤用

零：雨部，花、葉枯萎落下（凋零），小部分的（零件），數目字「0」的中文寫法。

凌：冫部，欺壓（欺凌），接近，升高（凌空）。

凌晨：天快亮的時候。

雞脾 — 雞髀 同音誤用

脾：肉部，動物體內一種器官，可以製造白血球。

髀：骨部，大腿，大腿骨。

雞髀：雞腿。

規距 — 規矩 形近誤用

距：足部，事物間的間隔。

矩：矢部，畫方形的用具、曲尺，也指法則。

規矩：一定的標準、法則或習慣，也形容人的性格端正老實。

叔叔最喜歡吃咸蛋，
每頓飯都要吃一隻。

這位歌手已經在全世界
舉行了超過一百場巡回
演唱會。

哥哥拿到了直接保送進入香港大學的資
格，值得我們開香賓慶祝！

夏天，我最喜歡
睡在涼爽的竹席
上，舒服極了。

咸蛋 — 鹹蛋 同音誤用

咸：口部，全、都（老少咸宜）。

鹹：鹵部，鹽的味道，含鹽過多（鹹菜）。

鹹蛋：用食鹽醃製的蛋。「咸」也是「鹹」的簡化字，在繁體中卻表示不同的意思，注意不要寫錯。

巡回 — 巡迴 同音誤用 形近誤用

回：口部，返、歸來（回家），答覆（回答），掉轉（回頭），量詞（一回事）。

迴：辵部，曲折、環繞（迂迴）。

巡迴：按照一定的路線到各處活動。

香賓 — 香檳 同音誤用 形近誤用

賓：貝部，客人（賓客）。

檳：木部，檳榔，是一種生長在熱帶、亞熱帶的數目，果實可以吃，也可以做藥材。

香檳：一種慶祝佳節或高興時飲用的葡萄酒。

竹席 — 竹蓆 形近誤用

席：巾部，座位（出席），酒宴（宴席）。

蓆：艸部，用艸、蘆葦、竹片等編成的鋪墊用具，例如竹蓆。

一頭凶猛的老虎，正緊緊地盯着在吃草的小羚羊。

我家的滾桶洗衣機用了差不多十年，質量還是很好。

曉華擊敗了歌唱比賽初賽的眾多對手，進入復賽。

守衛邊境的戰士，要防犯敵人侵入。

凶猛 — 兇猛

同音誤用

凶：凵部，不幸的、不吉祥的（吉凶）。

兇：儿部，狠毒、殘暴（兇惡），傷人、殺人的行為（兇手），厲害、猛烈。

兇猛：形容氣勢、力量強大，也用來形容勇敢強大。

滚桶 — 滚筒

同音誤用

桶：木部，圓柱形的的器具（水桶），量詞（一桶水）。

筒：竹部，粗的竹管（竹筒），像管子那樣的東西（郵筒）。

滚筒：指機械裝置中圓筒形的部件。

復賽 — 複賽

音近誤用　形近誤用

復：彳部，再、又（復發），回到原來的樣子（恢復），回擊（復仇）。

複：衣部，再次、重複（複習），不簡單的（複雜）。

複賽：體育競賽中在初賽後，決賽前進行的比賽。

防犯 — 防範

同音誤用

犯：犬部，違反（犯法），犯罪的人（囚犯），發生（犯錯）。

範：竹部，榜樣、標準（模範），界限（範圍），限制。

防範：防備，戒備。

老伯伯向小輝豎起大姆指：「真是個助人為樂的好孩子！」

媽媽很喜歡聽緩慢舒情的歌曲。

老師向我們講述這個城市的歷史與及它對國家的貢獻。

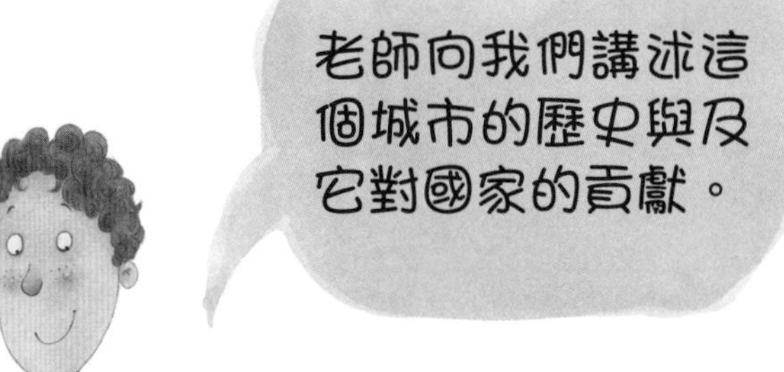

我們能看到魚兒在清徹的溪水中快樂地游來游去。

大姆指 — 大拇指 音近誤用 形近誤用

姆：女部，保姆，受僱幫人家照管孩子或料理家務的婦女。

拇：手部，拇指，手、腳的最大指。

舒情 — 抒情 同音誤用

舒：舌部，伸展、寬解（舒展），緩慢（舒緩）。

抒：手部，盡情表達、傾吐（抒發）。

抒情：表達內心的想法，抒發情感。

與及 — 以及 同音誤用

與：臼部，和，同、跟，給予（贈與）。

以：人部，用、拿（以身作則），按照，因為（以此），表示時間、方位、數量的界限（以前）。

以及：連詞，表示並列的詞或詞組。

清徹 — 清澈 音近誤用 形近誤用

徹：彳部，通、透（徹底）。

澈：水部，水很清。

清澈：清靜而明澈。

小店在新年期間生意很好，抵銷了之前沒法做生意的損失。

這棟房屋老得就像風一吹就要倒塌了。

許多年過去，舊屋旁的大樹已經凋零，鄰居們也已經全部搬走了。

走失小童的家人貼出尋人啟示，希望能早日找到孩子。

抵銷 — 抵消 同音誤用

銷：金部，熔化金屬（銷毀），解除（報銷），賣出（銷售）。

消：水部，散失、溶化（消失），花費（消費），除去（消除）。

抵消：由於作用相反而互相消除。

倒塔 — 倒塌 同音誤用

塔：土部，一種多層的、尖頂的建築物（鐵塔），像塔形的建築物（燈塔）。

塌：土部，豎立起來的東西倒下、下陷。

倒塌：指建築物倒下來。

雕零 — 凋零 同音誤用

雕：隹部，兇猛的大鳥、樣子像鷹，刻（雕刻），指雕刻作品（玉雕）。

凋：冫部，草木枯萎。

凋零：指花草樹木的凋謝，零落。

啟示 — 啟事 同音誤用

示：示部，表明，把事情告訴人或把東西給人看（示意）。

事：亅部，事情、工作（國家大事），做、從事。

啟事：指公開聲明某事的文字。

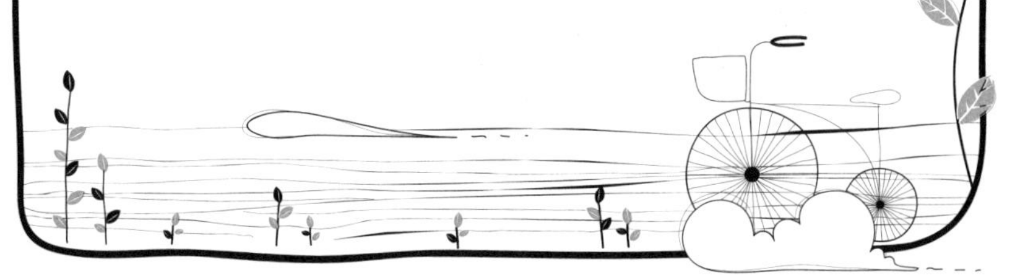

這是我自己的事情，你不要幹預。

這個網站被黑客攻激，完全看不到畫面的內容了。

爺爺故執地認為每週日晚一定要全家人一起吃飯。

幹預 — 干預 同音誤用

幹：干部，主體部分（骨幹），辦事（幹活），辦事的能力（才幹）。

干：干部，觸犯（干擾），過問、牽連（不相干），這也是「幹」的簡化字。

干預：指過問，參與別人的事。

攻激 — 攻擊 同音誤用

激：水部，水流收到阻礙而向上飛濺起來（激盪），使感情衝動（激動），急劇、強烈的（激烈）。

擊：手部，敲、打（擊掌），攻打（攻擊），碰撞、相碰（撞擊）。

攻擊：指發起或發動進攻。

故執 — 固執 同音誤用

故：攴部，意外的事情（事故），原因（緣故），有意（故意）。

固：囗部，堅實不容易壞（堅固），不流動的（固定），堅持（頑固）。

固執：堅持自己的意見，不懂變通。

這位候選人慣徹親民路線，與選民關係非常好。

看着城市美麗的夜景，老人不禁感概萬分。

老闆對這些工人非常呵刻，因為一點小錯就要扣減一半的薪水。

你應該先仔細考慮這樣做的利蔽，然後才做決定。

慣徹 — 貫徹 形近誤用

慣：心部，經常出現的同樣的行為或要求（習慣），縱容（嬌慣）。

貫：貝部，連接、穿通（連貫），世代居住的地方（籍貫）。

貫徹：完全理解，完全地將某個計劃或想法變為有效的行動。

感槪 — 感慨 音近誤用 形近誤用

槪：木部，大致、總括（大槪），氣勢和胸懷（氣槪），一律（槪不負責）。

慨：心部，感歎（慨歎），情緒激動（憤慨），大方（慷慨）。

感慨：心中受到某種感動、觸動而感歎。

呵刻 — 苛刻 同音誤用

呵：口部，大聲責罵，哈氣（呵氣），象聲詞（笑呵呵）。

苛：艸部，過分嚴厲、刻薄（苛求），繁重、瑣碎。

苛刻：指（條件、要求等）太嚴厲、刻薄。

利蔽 — 利弊 同音誤用

蔽：艸部，遮蓋、擋住（隱蔽）。

弊：廾部，害處、毛病（弊病），欺騙、弄虛作假（作弊）。

利弊：指好的方面和壞的方面。

爸爸媽媽溺爰他，使他養成目中無人的壞脾氣。

媽媽認為亨調是一件十分有樂趣的事情。

鳥籠裏積了不少小鳥排瀉出來的糞便。

這個演員經常出現在電視螢幕上，深受觀眾的歡迎。

溺爰 — 溺愛 形近誤用

爰：爫部，於是，更換。

愛：心部，對人或事物有親密、真摯的感情（愛心），喜歡（愛好），重視、保護（愛惜）。

溺愛：太過寵愛，甚麼都順着孩子，讓他想怎樣做就怎樣做，想要甚麼就給甚麼。

亨調 — 烹調 形近誤用

亨：亠部，指順利，有利於取得成功。

烹：火部，燒煮食物。

烹調：加熱，調製食物。

排瀉 — 排泄 義近誤用

瀉：水部，水向下急流（傾瀉）。

泄：水部，排出（水泄不通），透露秘密（泄露）。

排泄：指生物把體內的廢物排出體外。

螢幕 — 熒幕 音近誤用 形近誤用

螢：虫部，指螢火蟲，是一種腹部末端可以發光的小昆蟲，多數在夜間活動。

熒：火部，光亮微弱的樣子，也指眼光迷亂、疑惑。

熒幕：電視機的畫面，也用於指電視。

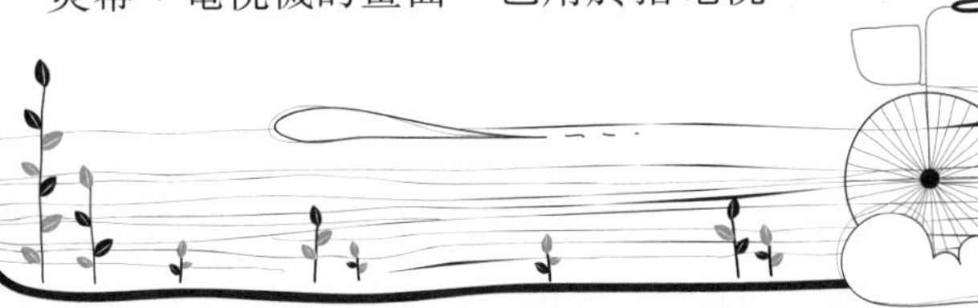

我們不能在困難面前屈伏，否則我們永遠不能獲得進步。

你的行為侵犯了其他人的利益，所以大家都反對你呀！

不要氣餒，繼續努力，你一定能在比賽中獲勝！

海水長年累月地侵食這些岩石，慢慢地改變了岩石的形狀。

屈伏 — 屈服 同音誤用

伏：人部，身體前傾臉朝下、趴，低下去（起伏），認錯（制伏），隱藏（埋伏）。

服：月部，衣裳（衣服），相信、順從（服從），擔任、承擔（服務）。

屈服：對外來的壓力妥協讓步，放棄鬥爭。

浸犯 — 侵犯 形近誤用

浸：水部，把東西泡在液體中（浸濕）。

侵：人部，進犯、損害（侵略）。

侵犯：非法干涉別人，損害他人利益。

氣綏 — 氣餒 形近誤用

綏：糸部，安撫、安定下來，平安。

餒：食部，飢餓，信心不足、失去勇氣。

氣餒：失去信心和勇氣，提不起精神再做任何事。

侵食 — 侵蝕 同音誤用

食：食部，吃（吞食），吃的東西（食品）。

蝕：虫部，蟲蛀的東西、隱身為損傷（腐蝕），虧損（蝕本）。

侵蝕：逐漸侵害令東西變壞。

鄰近的幾個國家結成同萌，一同對抗其他國家的進攻。

警方在全世界範圍內通輯這個逃犯，很快就抓到了他。

這個年輕人被巫告說他偷了別人的錢包。

你能分辨出這幾種塑膠產品質量的憂劣嗎？

同萌 — 同盟 同音誤用

萌：艸部，草木發芽（萌芽），比喻事物的開始、發生（萌生）。

盟：皿部，集團或國家之間的聯合（結盟），發誓。

同盟：為採取共同行動而結下盟約，也指結下盟約的整體。

通輯 — 通緝 同音誤用

輯：車部，蒐集材料並整理（編輯），整套書的一部分。

緝：糸部，搜捕、捉拿（緝捕）。

通緝：指警方或司法機關發出命令在一定的範圍內抓捕犯人。

巫告 — 誣告 同音誤用

巫：工部，替人求神降福為職業的人（巫婆）。

誣：言部，無中生有地陷害、侮辱人（誣陷）。

誣告：無中生有地控告別人有犯罪行為。

憂劣 — 優劣 音近誤用 形近誤用

憂：心部，發愁、擔心（憂愁），使人發愁的事（無憂）。

優：人部，好的（優良），充足、富裕（優厚）。

優劣：表示事物的好壞。

這個房間的裝飾搭配非常爵調，令人很舒服。

爺爺與久未見面的香親們談得非常高興。

曉梅自己不肯動腦筋，總是依懶姐姐教她做功課。

三月正是嬰花盛開的時候，人們紛紛來到樹下賞花。

脅調 — 協調 同音誤用

脅：肉部，從腋下到肋骨盡頭的部位，也指逼迫（威脅）。

協：十部，共同、一起（協定），幫助（協助），配合、和諧（協作）。

協調：和諧一致，配合得很好。

香親 — 鄉親 同音誤用

香：香部，芬芳的味道（花香），帶有香味的東西（香水）。

鄉：邑部，農村（鄉下）。

鄉親：指同鄉的人。

依懶 — 依賴 形近誤用

懶：心部，不努力（偷懶），精神不振作（懶洋洋）。

賴：貝部，依靠（信賴），不承認（抵賴），該走不走、不講道理（耍賴）。

依賴：依靠別人，依靠別的事物而不能獨立做事情。也指不同的事物或現象不能分離，互相關聯。

嬰花 — 櫻花 同音誤用

嬰：女部，出生不久的孩子（嬰兒）。

櫻：木部，指櫻桃樹，其果實就是櫻桃；櫻花，是一種春天開花的樹木，花色淡紅或白色。

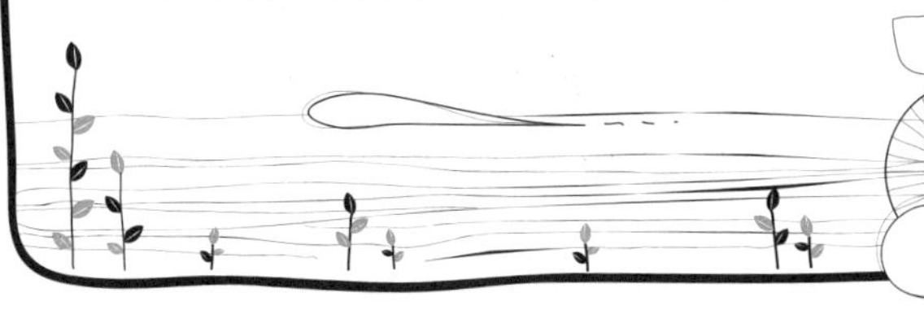

新年到了，大
街小巷都揚溢
着歡樂的氣氛。

弟弟不明白為甚
麼不能吃陌生人
給的東西，凝惑
地望着媽媽。

自從老婆婆
去世之後，
老爺爺的心
情就一直很
幽鬱。

在政府的治理下，這
個地區的人們生活得
越來越好。

揚溢 — 洋溢 同音誤用

揚：手部，舉起、升起（揚手），飄動（飄揚），傳播、顯示（揚言），稱讚（表揚）。

洋：水部，地球上最大的水域（海洋），外國的（洋人），盛大、眾多。

洋溢：充分流露，瀰漫，充滿着。

凝惑 — 疑惑 形近誤用

凝：冫部，由液體變成固體（凝固），注意力集中（凝視）。

疑：疋部，不相信（懷疑），不明白、不能斷定的（疑問）。

疑惑：心裏不明白，對人或事物有困惑的地方。

幽鬱 — 憂鬱 同音誤用

幽：幺部，深、暗（幽深），隱蔽的，沉靜、僻靜（幽雅）。

憂：心部，發愁、擔心（憂愁），使人發愁的事（無憂）。

憂鬱：憂傷，愁悶。

冶理 — 治理 形近誤用

冶：冫部，熔煉金屬（冶煉），過分的打扮。

治：水部，管理（自治），社會安定、太平，醫療（治病）。

治理：管理、統治，也指整修和改造。注意「治」字左邊是「氵」。

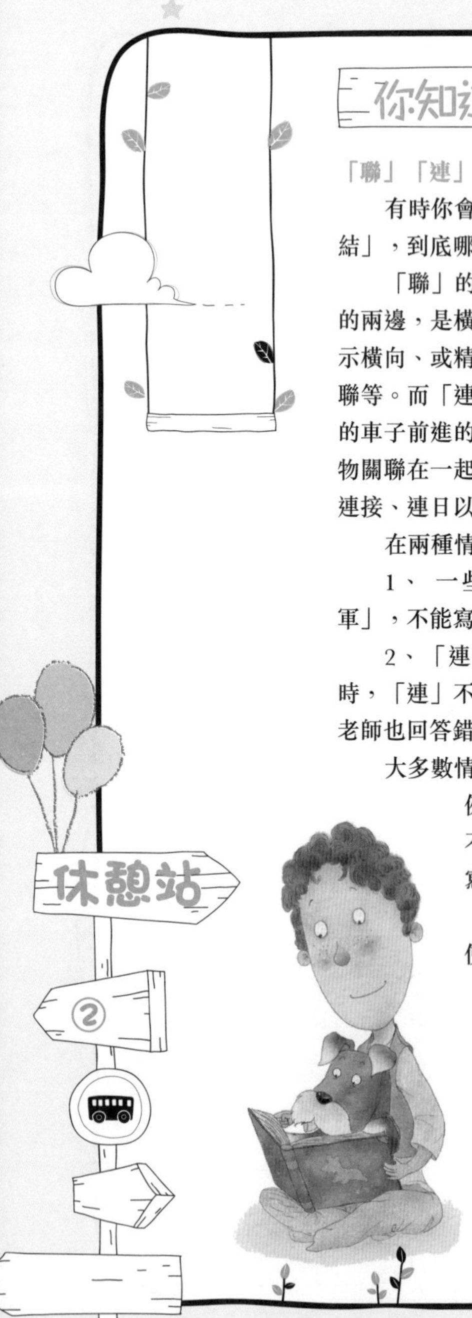

你知道嗎？

「聯」「連」不亂用

有時你會見到有人寫「聯結」，也有人寫「連結」，到底哪種寫法才對呢？

「聯」的部首是「耳」，古人說因為耳朵在臉的兩邊，是橫向的關係。所以「聯」字多數用在表示橫向、或精神上的聯繫，比如聯合發表聲明、關聯等。而「連」本來就是表示人在前面，拉着後面的車子前進的意思，所以往往用於表示通過具體事物關聯在一起的情況，或者體現先後順序的，比如連接、連日以來等。

在兩種情況，「聯」和「連」不能互換使用：

1、一些約定俗成的詞語，例如「蟬聯冠軍」，不能寫成「蟬連」。

2、「連」在作為句子或詞組中起過渡作用時，「連」不能用「聯」代替。例如：「這道題連老師也回答錯了」、「這本書他連讀了三遍」。

大多數情況下，「聯」「連」可以互換使用，例如「連貫」寫成「聯貫」，「連綿不斷」寫成「聯綿不斷」，「聯結」寫成「連結」。

我們只須記住以上兩種不能互換使用的情況，就不容易用錯了。

漢字有段「古」

進士　進士

從前，有一戶人家，父親和兒子都是進士[①]。雖然他們很有錢，但經常欺負人，鄰居都不喜歡他們。

有一年除夕，進士一家在大門上貼了一副對聯：

父進士，子進士，父子皆進士

婆夫人，媳夫人，婆媳都夫人[②]

對聯貼出後，鄰居看見了都很不服氣。當天晚上，有人偷偷將對聯改成：

父進士，子進士，父子皆進士

婆失夫，媳失夫，婆媳都失夫

第二天早上，大家發現對聯被改了，人人都覺得很開心。進士一家連忙把對聯改過來，可是他們家的壞名聲已經越傳越遠了。

---

①進士：古代讀書人通過朝廷考試後獲得的身份，在社會上有較高地位。

②夫人：古代對高官妻子的尊稱。

玩玩試試

快來找不同！把這一對對漢字中不同的地方用紅筆圈出來吧！

非常遺憾，因為
你違反了比賽規
則，我們必須請
你退出比賽了。

他媽媽的管教非常
嚴厲，所以他在家
從不敢提出反對的
意見。

千萬不能帶紙條
進考場，否則就
會被視為作弊。

媽媽不停地催速
我：「快點穿衣
服！不然就趕不
上校車了！」

遣憾 — 遺憾

遣：辵部，派、打發（派遣），消磨、排解（消遣）。

遺：辵部，丟失、漏掉（遺失），專指死去的人留下的（遺產），留下的（遺留）。注意右邊是「貴」字。

遺憾：因未能稱心如願而惋惜。用在官方、外交上時，往往是表達不滿的意思。

嚴勵 — 嚴厲

勵：力部，勤勉（勉勵）。

厲：厂部，嚴格、嚴肅，也指猛烈。

嚴厲：嚴肅厲害，不寬容。

作斃 — 作弊

斃：攴部，死亡（槍斃）。

弊：廾部，害處、毛病（弊病），欺騙、弄虛作假。

作弊：指用欺騙的手法去做違反規矩的事情。

催速 — 催促

速：辵部，快（迅速），速度（時速）。

促：人部，時間緊迫（急促），催、推動（督促）。

催促：促使某人盡快行動。

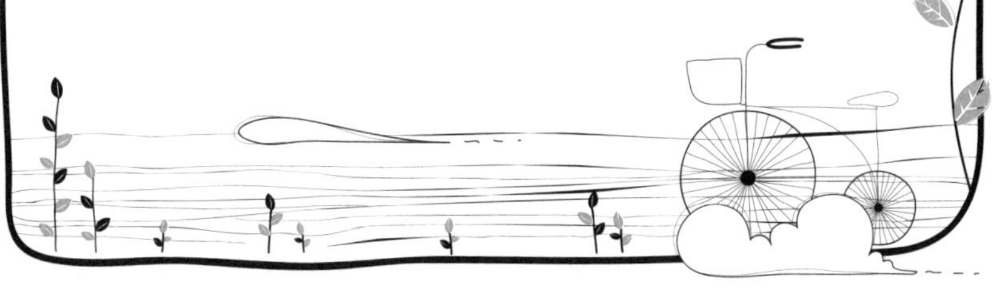

這兩支球隊在掙奪歐洲冠軍的寶座。

這個中醫診所也提供針炙服務。

河水書夜不停地奔向大海。

老婆婆燒香祈求佛祖大發慈卑，保佑全家平安。

掙奪 — 爭奪 同音誤用

掙：手部，竭力支撐、希望擺脱（掙扎），用力擺脱束縛（掙脱），用勞動換取報酬（掙錢）。

爭：爪部，努力取得或達到（爭取），辯論（爭論）。

爭奪：爭着奪取某事物或某個地方。

針炙 — 針灸 形近誤用

炙：火部，烤，或指烤熟的肉。

灸：火部，指中醫的一種治療方法，用藥材熏烤身體的某些穴位。注意上面是「久」，中間不要寫多兩點。

針灸：中醫對針法和灸法的合稱。

書夜 — 晝夜 形近誤用

書：日部，書本、書籍（書店），文件（説明書），信件（書信），寫（書法）。

晝：日部，白天（白晝）。注意下面是「旦」。

晝夜：白天和黑夜。

慈卑 — 慈悲 同音誤用

卑：十部，地位低下（自卑），品質低劣（卑劣）。

悲：心部，傷心、哀痛（悲哀），可憐、同情。

慈悲：慈善和憐憫。

國慶日升國旗是一個壯嚴的儀式。

在這麼多種寵物中，他唯獨鍾情於金魚。

飛機失去聯繫的消息振驚了全世界。

壯嚴 — 莊嚴 形近誤用

壯：士部，強健有力（強壯），雄偉有氣魄（雄壯），增強（壯膽）。

莊：艸部，村子（村莊），嚴肅（莊重）。

莊嚴：莊重而嚴肅。

鐘情 — 鍾情 音近誤用 形近誤用

鐘：金部，金屬製成的會響的東西（警鐘），指計時器（鐘錶），指時間（六點鐘）。

鍾：金部，集中、專一（鍾愛），也是一個姓氏。

鍾情：指感情專注。注意右邊是「重」，不要寫成「童」。

振驚 — 震驚 同音誤用

振：手部，搖動、揮動（振翅高飛），奮起、興起（振作）。

震：雨部，劇烈顫動（震動），情緒非常激動（震怒）。

震驚：令人震動而驚訝，也指因震動而驚懼。

誠肯 — 誠懇 同音誤用

肯：肉部，願意、同意，比喻、最重要的部分（中肯）。

懇：心部，真誠（懇求），請求。

誠懇：指人的態度真誠。

媽媽把機靈活潑的小妹妹寵愛到了極點。

這隻小狗沒有同伴，寂莫地坐在路邊。

這張被子摸上去軟棉棉的，很舒服。

地震催毀了這個曾經非常繁華的城市。

龐愛 — 寵愛 形近誤用

龐：广部，大（龐大），又多又雜（龐雜），也是一個姓氏。
寵：宀部，偏愛、溺愛（寵壞）。
寵愛：因喜歡而偏愛，或嬌縱溺愛。常用於對下級，或對年齡小的人。

寂莫 — 寂寞 同音誤用

莫：草部，不要，沒有，不能。
寞：宀部，寂靜，冷落。
寂寞：冷清孤單。

軟棉棉 — 軟綿綿 音近誤用 形近誤用

棉：木部，棉花，是一種果實可以用來紡紗的植物，它的種子也可以榨油。
綿：糸部，用蠶絲加工成的像棉花那樣鬆軟的東西（絲綿），柔軟、單薄（綿軟），連續不斷（綿延）。
軟綿綿：形容柔軟，也形容軟弱無力的樣子。

催毀 — 摧毀 同音誤用

催：人部，促使、加快（催促）。
摧：手部，折斷、破壞（摧殘）。
摧毀：用強大的力量徹底破壞，毀壞。

幾個月的休漁期結束之後，漁民的漁獲非常豐富。

長期吃這種藥，會有引致頭痛的付作用。

父母應該以身作側，才能幫助孩子培養好的言行習慣。

漁獲 — 漁穫

獲：犬部，捉住（破獲），得到（獲得）。

穫：禾部，收割莊稼（收穫）。

漁穫：漁民出海打魚所得到的收穫。

付作用 — 副作用

付：人部，交給（支付）。

副：刀部，次要的、附帶的（副標題），職務屬於輔助性質的人（副校長），符合（名副其實）。

副作用：隨着主要作用而附帶發生的不好的作用，可以用於人或事。

以身作側 — 以身作則

同音誤用

側：人部，旁邊（側面），向旁邊傾斜的（側重）。

則：刀部，規章、條文（原則），榜樣、標準（準則），就、便。

以身作則：以自己的行動作出榜樣。

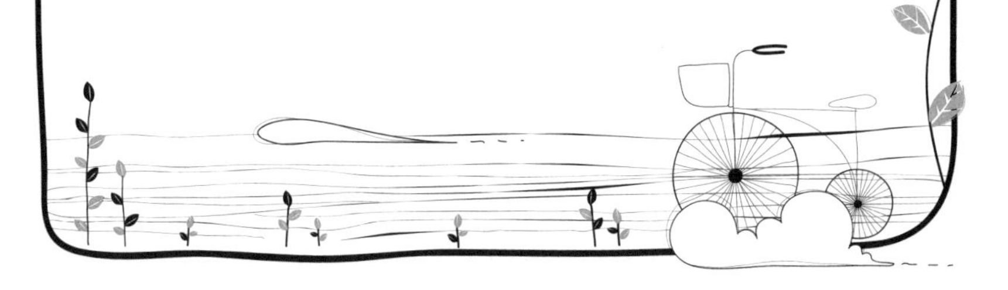

新年晚會上精
彩的節目一幕
接一幕，令人
目不暇給。

做完桌面小山一樣的
功課，我已經頭昏腦
漲了。

這個週末，我
們全家去渡假
村泡溫泉。

目不暇給 — 目不暇給 形近誤用

暇：目部，慢慢地看。

暇：日部，空閒（閒暇）。

目不暇給：美好新奇的東西太多，眼睛來不及看。

頭昏腦漲 — 頭昏腦脹 同音誤用

漲：水部，水位升高（漲潮），價格提高（漲價），體積增大。

脹：肉部，體積變大（膨脹），吃的過飽而腸胃不舒服，或身體內受到某種壓力感到不舒服。

頭昏腦脹：指身體疲勞不適的一種表現。常形容人非常繁忙。

渡假村 — 度假村 義近誤用

渡：水部，過河，過河的地方（渡口），通過、經過（渡過難關）。

度：广部，事物所達到的水平（程度），人的外貌、儀表（態度），過（度假）。

度假村：為旅遊者而設的可住宿及玩樂的建築。「渡」常用在與空間相關的事物上，而「度」則用在與時間相關的事物上。

你知道嗎？

「善」「擅」要分清

一次作文中，小宇說自己最「善長」打籃球。老師看後，笑着寫下一句評語：「你擅長打籃球，可不善於作文呀！」

小宇看到這句評語，就馬上翻字典。原來，「善於」和「擅長」都有在某一方面非常熟悉，有特長，能運用自如的意思。

擅長：指具有某方面的特長，對某一專業非常精通，多數與技能搭配。例如「擅長電腦」、「擅長辯論」。

善於：指有某方面的特長，但沒有特別精通的意思。例如「善於思考」、「善於運用左手」等。

有時候，我們也會看到 「善長仁翁」這個詞。不過，這個「善長」是指仁慈的長者，跟「擅長」沒有半點關係呢！

漢字有段「古」

「鹿耳」難尋

從前，有個富家子不愛讀書，卻一心想當官。

他父親花了很多錢，終於讓他當了一個小官。這下富家子可高興了，總對人説：「我公務很忙，有太多事情要處理啦！」

有一次，他認為自己公務太多，身體狀況不好，要買點補品吃，便對僕人説：「去藥店買三兩最好的鹿耳回來。」

僕人到了一家大藥店，向老闆要三兩「鹿耳」。老闆皺着眉頭説：「我們只有鹿茸[①]，沒有鹿耳啊！」

僕人着急了，便説：「請你再找一下，我買不到鹿耳，一定會給公子重重責罰的！」老闆很想幫忙，可是他真的找不到「鹿耳」。

有人知道這事後，搖了搖頭，寫了一首詩：

只因讀書不用功，

錯把鹿耳當鹿茸。

倘若辦案亦如此，

多少無辜在獄中。

不久，這個花錢買官的富家子尋找「鹿耳」的故事，就傳遍全城了。

---

①鹿茸：鹿角還沒長成硬骨時叫「鹿茸」，可做藥。

這片美麗的草原上生活
着不記其數的牛羊。

百科全書的內容可
以說是包羅萬像，
應有盡有。

他對我的意見
不屑一故，根
本沒放在心上。

不記其數 — 不計其數 同音誤用

記：言部，不忘（記得），把事情寫下來（記錄）。

計：言部，算（計算），主意（計謀），打算（計劃）。

不計其數：沒辦法計算數目，形容非常多。

不屑一故 — 不屑一顧 同音誤用

故：攴部，意外的事情（事故），原因（緣故），有意（故意）。

顧：頁部，回頭看（回顧），照管（照顧）。

不屑一顧：不值得看，形容非常看不起某樣東西。

包羅萬像 — 包羅萬象

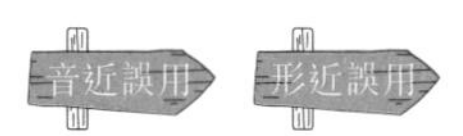

像：人部，照人物原樣製成的形象（肖像），相似（很像他）。

象：豕部，一種長鼻子大耳朵的動物（大象），事物的形狀（形象）。

包羅萬象：內容豐富，應有盡有。

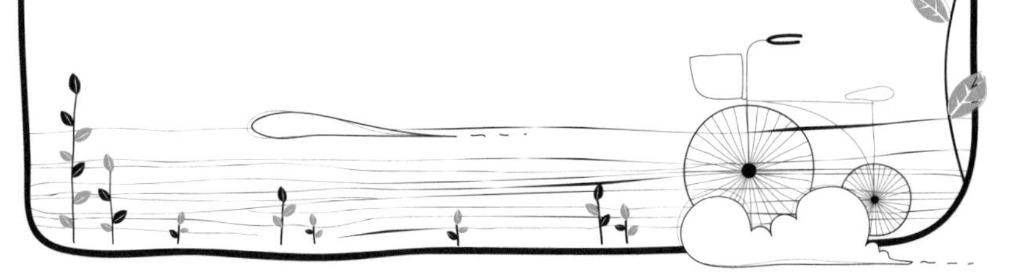

你不去找做錯題的原因，卻心急去看下一課的內容，真是本未倒置。

祝新郎新娘百年好合，白頭諧老！

人們憑着百折不繞的精神，建立了這個偉大的國家。

爸爸別出心材地組織了一場草地音樂會，慶祝媽媽的生日。

本末倒置 — 本末倒置 形近誤用

未：木部，沒有（未能完成），不（未知）。

末：木部，樹梢，不重要的（細枝末節），事情的最後（週末）。

本末倒置：比喻把事情的主次、輕重位置倒轉了。注意「末」字兩橫是上長下短的。

白頭諧老 — 白頭偕老 同音誤用

諧：言部，配合得好（和諧），說話風趣（詼諧）。

偕：人部，一同（偕同）。

白頭偕老：夫妻共同生活到老。

百折不繞 — 百折不撓 形近誤用

繞：糸部，纏（纏繞），圍着轉（圍繞），走彎路（繞小路）。

撓：手部，打擾、阻止（阻撓），彎曲（不屈不撓）。

百折不撓：無論遇到多少失敗挫折，都不退縮。

別出心材 — 別出心裁 同音誤用

材：木部，原料（材料），能力（因材施教）。

裁：衣部，把布剪開（裁衣服），判斷（裁判），安排。

別出心裁：想出的辦法，或設計、安排與別人不同。

他的畫別豎一幟，引起大家濃厚的興趣。

幾位老師在學生心中的地位可說是並駕齊驅，不分先後。

志華杉杉有禮地向前來參觀的嘉賓問好。

多得媽媽幫我出謀畫策，我才能贏得演講比賽。

別豎一幟 — 別樹一幟 同音誤用

豎：豆部，直立的（豎立），漢字的筆劃之一。

樹：木部，根和莖都很粗大、木質的植物總稱（樹林），建立（樹立）。

別樹一幟：形容與眾不同，有自己特別的風格。

並駕齊軀 — 並駕齊驅 音近誤用 形近誤用

軀：身部，身體（身軀）。

驅：馬部，駕駛車輛（驅車），趕走（驅趕），快跑（先驅）。

並駕齊驅：比喻一同前進，不分先後，也指能力、程度、力量、水平等沒甚麼區別。

杉杉有禮 — 彬彬有禮 形近誤用

杉：木部，杉樹，是一種常年綠色的樹木。

彬：彡部，「彬彬」連用，形容文雅的樣子。

彬彬有禮：形容文雅有禮貌的樣子。記住「彬」字中有兩個木。

出謀畫策 — 出謀劃策 音近誤用 形近誤用

畫：田部，繪圖（畫國畫），漢字的一種筆劃。

劃：刀部，區分、分開（劃分），打算（計劃）。

出謀劃策：制定計劃和策略，指幫別人出主意。

校運會上，吶喊助威的聲音此起彼服，熱鬧極了。

你只是個初出矛廬的年輕人，凡事應該虛心聽取前輩意見。

小強對那部強大的天文望遠鏡早就唾涎三尺了。

姐姐被老鼠嚇怕了，以致草木偕兵，一點沙沙聲都以為是有老鼠。

此起彼服 — 此起彼伏

同音誤用

服：月部，衣裳（衣服），相信（服從），擔任（服務）。

伏：人部，趴，低下去（起伏），認錯認罪（制伏）。

此起彼伏：這裏起來，那裏落下，表示連續不斷。

初出矛廬 — 初出茅廬

矛：矛部，古代的一種兵器，有槍頭和長柄。

茅：艸部，一種多年生長的草，可以用來造紙。

初出茅廬：比喻剛出進入社會或剛開始工作，缺乏經驗。

唾涎三尺 — 垂涎三尺

形近誤用

唾：口部，口水（唾液），用力吐口水表示看不起（唾罵）。

垂：土部，一頭從上往下地掛着（垂釣），接近（垂危）。

垂涎三尺：形容十分嘴饞，或者對某樣東西非常羨慕，很想得到。

草木偕兵 — 草木皆兵

偕：人部，一同（偕同）。

皆：白部，都、全。

草木皆兵：把山上的草木都當成士兵。形容人在驚慌時疑神疑鬼。

她看上去很單純，但卻是一個撤頭撤尾的騙子。

看到這個驚險的畫面，我不禁瞠目結舌。

美玲偷懶不溫習功課，結果考試不合格，真是得不嘗失啊！

雖然這條登山徑你已經走過很多次，但仍然不能調以輕心，一定要注意安全。

撤頭撤尾 — 徹頭徹尾

同音誤用

撤：手部，免去、除去（撤換），收回（撤退）。

徹：彳部，通、透（透徹）。

徹頭徹尾：從頭到尾，自始至終，完完全全。

膛目結舌 — 瞠目結舌

膛：肉部，胸部（胸膛）。

瞠：目部，直直地瞪着眼睛看。

瞠目結舌：瞪着眼睛說不出話來，形容受到為難或驚呆的樣子。

得不嘗失 — 得不償失

同音誤用

嘗：口部，辨別滋味（品嚐），曾經（未嘗）。

償：人部，歸還、抵得上(賠償)，實現、滿足(如願以償)。

得不償失：得到的好處抵不過所受的損失。

調以輕心 — 掉以輕心

同音誤用

調：言部，配合得很適當（調味），和解、協調（調整）。

掉：手部，落下、落在後面（掉眼淚），丟失（錢包掉了），回轉（掉頭就走）。

掉以輕心：對事情採取漫不經心的，輕率的態度，不認真當回事。

因為有工務員的辛勤工作，政府部門才能正常運作。

因為寫錯一個數字，科學家們做了幾個月的實驗失敗了，真是功虧一簣。

北風呼呼吹了一晚，樹枝變得光秃秃的。

她的演技有了很大進步，令人括目相看。

工務員 — 公務員 同音誤用

工：工部，從事勞動生產的人（女工），勞動（工地），建設項目（施工）。

公：八部，正直無私，不偏向哪一方（公正），集體的、共同的（公款），讓大家知道（公佈）。

公務員：政府機關的工作人員。

功虧一匱 — 功虧一簣 形近誤用

匱：匚部，存放貴重物品的箱子。

簣：竹部，盛土的筐子。

功虧一簣：比喻做事情只差最後一步，沒能完成。

光秀秀 — 光禿禿 形近誤用

秀：禾部，美麗的（清秀），特別優異的（優秀）。

禿：禾部，沒有毛髮（禿頭），樹木沒有葉子。

光禿禿：形容沒有草木、樹葉、毛髮等蓋着。

括目相看 — 刮目相看 形近誤用

括：手部，包含（包括）。

刮：刀部，用鋒利的器具清楚物體表面的東西（刮臉），榨取（搜刮）。

刮目相看：指用新的眼光去看待人或事物。

經過媽媽的一番佈置，家裏變得換然一新。

屋子裏很亂，地上橫七豎八地散落着各種瓶子。

弟弟早就把與媽媽的約定拋到九宵雲外了。

這樣做到底好不好，那就見人見智了。

換然一新 — 煥然一新 同音誤用

換：手部，對調（交換），以一種代替另一種（換牙）。

煥：火部，鮮明，光亮。

煥然一新：改變陳舊的面貌，呈現出嶄新的樣子。

橫七堅八 — 橫七豎八 形近誤用

堅：土部，硬、結實（堅固），不動搖（堅決）。

豎：豆部，直立、垂直的（豎寫），使東西直立（豎起來），漢字的筆劃之一。

橫七豎八：形容東西擺放得很亂。

九宵雲外 — 九霄雲外 音近誤用 形近誤用

宵：宀部，夜（宵夜）。

霄：雨部，雲、天空（雲霄）。

九霄雲外：比喻非常遙遠的地方，或遠得無影無蹤。

見人見智 — 見仁見智 同音誤用

人：人部，人類（人生）。

仁：人部，友愛、同情（仁慈），果核或其他硬殼中可吃的部分（杏仁）。

見仁見智：比喻因每個人不一樣，對事物會有不同的看法。

這首動聽的歌曲扣人心玄，令人一聽就能記住。

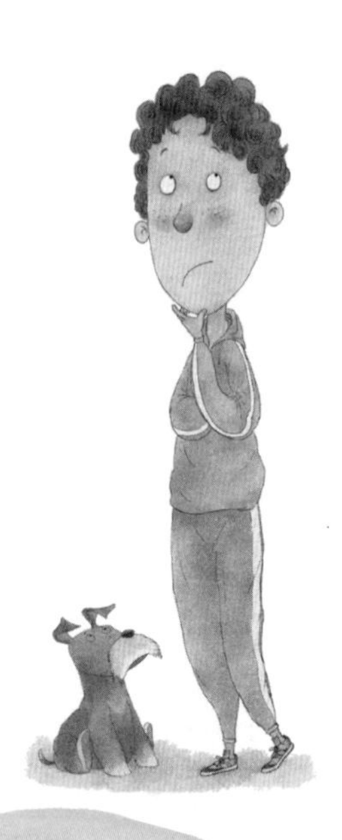

他一個人來到陌生的國家，用開天劈地的能力建立起自己的商業王國。

自從他成了名人，到他家拜訪的人就洛繹不絕。

弟弟零機一動，把沒用的塑料管子改成了小草的家。

扣人心玄 — 扣人心弦 同音誤用

玄：玄部，黑色，深奧、不容易理解的。

弦：弓部，射箭的弓上令箭可以發出去的繩線，也指樂器上發聲的細絲。

扣人心弦：形容言論或表演能深深地打動人心。

開天劈地 — 開天闢地 同音誤用

劈：刀部，用刀、斧等破開(劈木頭)，特別指雷擊(天打雷劈)。

闢：門部，開拓、開發（開闢），駁斥（闢謠）。

開天闢地：常用於比喻偉大的，從前沒有的事物。

洛繹不絕 — 絡繹不絕 音近誤用 形近誤用

洛：水部，洛陽，就是中國河南省洛陽市。

絡：糸部，像網一樣的東西（網絡），聯繫上（聯絡）。

絡繹不絕：形容人、馬、車、船等連續不斷。

零機一動 — 靈機一動 同音誤用

零：雨部，花、葉枯萎落下（凋零），小部分的（零件），數目字「0」的中文寫法。

靈：雨部，聰明、反應快（靈巧），人的精神（心靈），有效（靈驗）。

靈機一動：形容靈敏機智，一下子想出了辦法。

這些美侖美奐的宮殿，是古代皇帝日常居住的地方。

他突然跑過來説我做錯了，真是莫明其妙。

同學們各有各的意見，莫中一是。

美侖美奐 — 美輪美奐 同音誤用

侖：人部，昆侖，是中國境內的一座名山，也寫作「崑崙」。加侖，則是英美國家常用的容量單位。

輪：車部，能使東西轉動或前進的圓形東西（車輪），按次序替換（輪流）。

美輪美奐：原本多數用於形容建築物高大華麗，現在也用於形容雕刻或建築藝術的精美效果。

莫明其妙 — 莫名其妙 同音誤用

明：日部，光亮（明亮），公開的（明顯），懂得、清楚（明白）。

名：口部，人、地、事物的稱呼（名字），聲望（出名），説出。

莫名其妙：沒有人能説明它的奧妙（道理），表示事情很奇怪，令人不明白。

莫中一是 — 莫衷一是 同音誤用

中：丨部，跟上下左右距離相等（中心），在一定的範圍之內（心中），表示動作正在進行（在審理中），正好對上（中意）。

衷：衣部，內心。

莫衷一是：形容意見分歧，沒有一致的看法。

一進家門，威威就
迫不急待地跑去找
他的生日禮物。

慧兒正在全神慣
注地計算今晚慈
善晚會籌得的善
款。

他寧願傾家
蕩產，也要
救回他的妻
子。

迫不急待 — 迫不及待 同音誤用

急：心部，快速、猛烈（急速），緊要、迫切（急救），焦躁（着急）。

及：又部，達到（顧及），趕上（及時），相當於「和」、「與」，用來連接並列的成分。

迫不及待：急得不能等待，形容心情急切。

全神慣注 — 全神貫注 同音誤用

慣：心部，經常出現的同樣的行為或要求（習慣），縱容（嬌慣）。

貫：貝部，連接、穿通（連貫），世代居住的地方（籍貫）。

全神貫注：全部精神集中在一件事情上，形容注意力高度集中。

頃家蕩產 — 傾家蕩產 音近誤用 形近誤用

頃：頁部，計算土地面積的單位，短時間（頃刻）。

傾：人部，歪斜不正、偏在一方（傾斜），倒塌（傾覆），全部倒出、拿出（傾訴）。

傾家蕩產：花光所有的家產，一無所有。

老師表揚了美美拾金不味的行為。

這家餐廳的食物質素在城內是手屈一指的。

在會考放榜前，姐姐心裏總是忑忑不安。

拾金不味 — 拾金不昧 形近誤用

味：口部，口嚐鼻聞所得的感覺（味道），情趣（趣味），菜餚（山珍海味）。

昧：日部，糊塗、不明事理，隱藏。

拾金不昧：拾到東西並不隱藏起來。指不佔小便宜的行為。

手屈一指 — 首屈一指 同音誤用

手：手部，人體的上肢、用來拿東西做事情的那部分（右手），親自做的（親手），從事某種工作或有某種技能的人（水手）。

首：首部，頭（斬首），最高領導人（首領），開頭、第一的（首先），用於搭配詩詞、歌曲的量詞（一首歌）。

首屈一指：指居第一位的，後來引申為指最好的。

忑忑不安 — 忐忑不安 形近誤用

忐：心部，與「忑」連用，「忐忑」表示心神不定，七上八下。

忐忑不安：就是心神不安的意思。

這件事情已經比較難處理，你就別再推波助瀾了。

中國工匠雕刻的象牙球，精美細緻得令人歎為觀指。

山林裏滿眼翠綠，空氣清新，令人心曠神儀。

堆波助瀾 — 推波助瀾

堆：土部，聚積起來成高大的東西（土堆），積累（堆雪人），用於成堆的東西的量詞（一堆垃圾）。

推：手部，用力使東西向前移動（推車），用力使事情進行下去（推動），拖延（推遲）。

推波助瀾：比喻從旁鼓勵，助長事物的聲勢和發展，擴大影響。

歎為觀指 — 歎為觀止

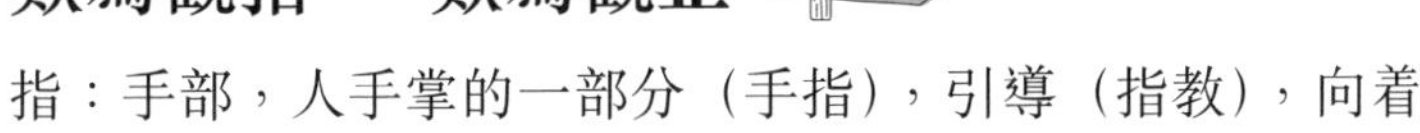

指：手部，人手掌的一部分（手指），引導（指教），向着（指南針）。

止：止部，停住、停下來（停止），阻擋（阻止）。

歎為觀止：讚歎觀賞的對象精妙到極點，十分完美。

心曠神儀 — 心曠神怡

儀：人部，按程序進行的禮節（儀式），容貌、姿態（儀態）。

怡：心部，愉快、安樂舒適。

心曠神怡：心情舒暢，精神愉快。

想要練好鋼琴，就一定要勤加練習，巡序漸進地提高彈琴技巧。

經過爸爸的徇徇善誘，小明終於明白了自己的錯誤。

雖然他沒贏得比賽，但爸爸一如繼往地支持他練習玩魔方。

祝你在新的一年裏萬事如意，一凡風順！

巡序漸進 — 循序漸進 同音誤用

巡：辵部，往來查看（巡視）。

循：彳部，依照、遵守（遵循）。

循序漸進：指學習、工作按照一定的步驟逐漸深入或提高。

徇徇善誘 — 循循善誘 同音誤用

徇：彳部，順從、依從。

循：彳部，依照、遵守（遵循）。

循循善誘：指善於引導別人學習。

一如繼往 — 一如既往 同音誤用

繼：糸部，連續、接替（繼承），隨後、跟着。

既：无部，已經，跟「又」、「且」連用表示並列(既好又快)。

一如既往：指態度和做法沒有變化，還是像從前一樣。

一凡風順 — 一帆風順 同音誤用

凡：几部，平常的、普通的（平凡），所有的、一切。

帆：巾部，掛在船的桅桿上、借風力使船前進的布篷。

一帆風順：本來指帆船一路順風航行順利，現在多數用於比喻人或事情非常順利，沒有一點阻礙。

這個小小的房間
裏，所有傢具一
應具全。

外公對怎樣使用
流行的智能電話
一竊不通。

英軍以逸代勞，很
快就把來自遠方的
敵人擊敗了。

幾年來，媽媽
付出的努力是
大家有目共堵
的。

一應具全 — 一應俱全 同音誤用

具：八部，器物（文具），有（具有）。
俱：人部，全、都（面面俱到）。
一應俱全：一切齊全，應有盡有。

一竊不通 — 一竅不通 形近誤用

竊：穴部，偷（偷竊），暗暗地（竊聽）。
竅：穴部，孔、洞，比喻事情的關鍵或解決問題的好辦法（訣竅）。

以逸代勞 — 以逸待勞 同音誤用

代：人部，替（代理），歷史上的不同時期（朝代），家族中的輩分（後代）。
待：彳部，等候（等待），對人或事的態度（對待）。
以逸待勞：指在戰爭中做好充分的準備，等疲勞的敵人來進攻時就馬上有力地反擊。

有目共賭 — 有目共睹 音近誤用 形近誤用

賭：貝部，用錢物作注爭輸贏（賭錢）。
睹：目部，看見。
有目共睹：大家的眼睛都能看見，形容十分明顯。

妹妹知道大家都寵愛她，就有持無恐，常常欺負別人。

張老師朗讀詩歌時抑揚頓錯，很有感情，非常好聽。

這家蛋糕店有很多漂亮美味的蛋糕，看得我眼花瞭亂。

有持無恐 — 有恃無恐

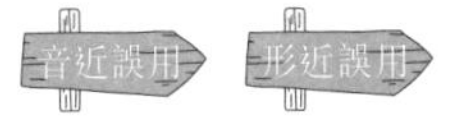

持：手部，拿、握着（持槍），堅守不變（保持），主管、治理（主持），扶助（支持）。

恃：心部，依靠、依仗。

有恃無恐：因為有依仗的人而毫不害怕，或毫無顧忌。多表示貶義。

抑揚頓錯 — 抑揚頓挫

同音誤用

錯：金部，不正確（錯誤），失去（錯過），表示壞，用在「不」後面（不錯）。

挫：手部，不順利（受挫），降低。

抑揚頓挫：指聲音高低曲折，十分和諧。

眼花瞭亂 — 眼花繚亂

瞭：目部，明白（瞭解），從高處向遠處望（瞭望）。

繚：糸部，纏繞、圍繞。

眼花繚亂：形容眼睛看到繁雜的東西而覺得迷惑，也比喻事物複雜，無法辨別清楚。

不法商人在好的鞋子中混入假貨，想魚目運珠，賺更多錢。

這個司機撞倒行人之後竟然揚場而去，真可惡！

那個廣告牌已經搖搖欲墮了，要趕快拆掉。

魚目渾珠 — 魚目混珠 同音誤用

渾：水部，水不清（渾濁），糊塗、胡亂，也指全、滿的意思（渾身）。

混：水部，摻和在一起（混合），隨便過日子（混日子），冒充。

魚目混珠：拿魚眼睛代替珍珠，比喻用假的東西冒充真的。

揚場而去 — 揚長而去 同音誤用

場：土部，可供許多人聚會或活動的地方（商場），特別指舞台（上場），量詞（一場比賽）。

長：長部，空間或時間的距離大（長途），優點、專有技能（擅長），兩端之間的距離（長度）。

揚長而去：態度傲慢、目中無人地離去。

搖搖欲墮 — 搖搖欲墜 形近誤用

墮：土部，落下、掉下（墮地），使東西掉下。

墜：土部，從高處落下、掉下來（墜落），往下垂、往下沉（下墜）。

搖搖欲墜：形容十分危險，很快就要掉下來，或地位不穩固很快就要被代替。

我們應該學習自立更生，學會自己獨立處理問題。

你先別粘粘自喜，還沒知道最後的比賽結果呢！

路面結冰了，老人們都戰戰兢兢地慢慢走着。

自立更生 — 自力更生

同音誤用

立：立部，直着身子站着（立正），豎起（樹立），設置（創立），生存（獨立），馬上、即刻（立即）。

力：力部，力量、能力，盡量（力爭）。

自力更生：指不依靠別人，靠自己的力量把事情辦好，或重新振作。

粘粘自喜 — 沾沾自喜

同音誤用

粘：米部，有膠水或漿糊那樣的特點。

沾：水部，浸濕（沾水），因接觸而附着（沾染），因有關係而得到（沾光）。

沾沾自喜：形容自以為不錯而得意的樣子。

戰戰競競 — 戰戰兢兢

競：立部，比賽、爭勝（競爭）。

兢：儿部，小心謹慎。

戰戰兢兢：形容非常害怕而微微發抖的樣子，也指小心謹慎的樣子。

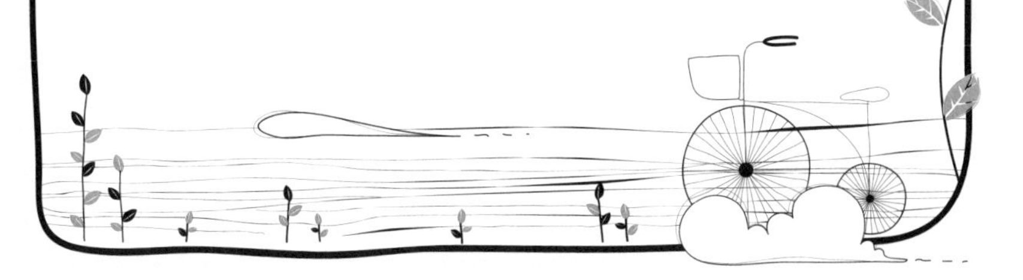